KB268289

내 안에 갱도가 있다

내 안에 갱도가 있다

송 계 숙

도서출판 문화의힘

겨울의 탄광 전경. 사진: 보령석탄박물관

시인의 말

이따금 갱도에 스스로를 가두었다.

그들이 나를 개화리로 불러들였고, 내게 말을 걸어왔다.

보령석탄박물관, 광부가 출퇴갱하듯 그곳을 지나야

집으로 갈 수 있다. 무심히 지나쳐진 적 없다. 눈이 시렸다.

어느 날 말 걸어오는 그들과 내 안의 단발머리 소녀가

천둥같이 만났다.

남편 잃은 광부 아내의 고단한 삶 너머

작업복 입은 사내가 곡괭이 들고 서성인다.

광부 아버지를 영영 떠나보낸 다섯 살 조카,

삼십 년 지나 무덤 열던 그 날, 나는 묻지 못한 말을 꺼냈다.

그날은 하늘도 흐렸다.

시집이 아니라 시짐을 내려놓은 것 같다.

악 소리 한 번 못 지르고 산업전사로 순직한 광부들,

그리고 아직도 아픔과 상처로 견뎌내고 있는

이 땅의 광부 가족들에게 이 시집을 바친다.

막장에서 산화된 영령들이 이제는 나를 놓아주려나.

다시 울컥, 폐갱에 나를 내어준다.

2021년 초가을

송 계 숙

제1부

제2부

제3부

제4부

| 해설 |

선탄장 주변에서 놀고 있는 아이들. 사진: 보령석탄박물관

| 제1부 |

이윽고 진저리치는 산통 끝에

이슬은 무너진 갱도라는 신생아를 낳는다

광부의 아내

1. 동료의 죽음을 본 날
입도 뻥긋 못하고 광업소 눈치를 살피느라 유족들을 위로조차 해 줄 수 없는 비참한 날, '죽은 자는 죽은 자고 산 자는 살아야지' 하루 종일 우물거려도 가슴에 분노의 뼈다귀 턱 걸려 평생 따라다니는 명치 끝 통증

2. 쌀 한 가마니 더 받아내려고
광업소를 찾아가 행패를 부려 본다 입씨름에 이골이 난 관리주임은 뒷문으로 줄행랑치고 가족 잃은 슬픔만 악에 받쳐 울음도 도둑맞는다

3. 남편 잡아먹은 년
이웃의 손가락질이 두려워 상속 순위고 뭐고 보상금 시댁에 죄다 빼앗기고 살길이 까막막하여 찾아든 홍등가, 흰 셔츠 입은 사내는 마다하고 작업복 사내의 탄가루 냄새에 잠드는 그녀

쥐, 그 검은 신을 말하다

탄가루 후후 불며 어둠을 살라 먹는 밤의 도시
밥알 부스러기 찾아 기어들어 온
동발 사이 검은 눈빛 마주치면
돌연 반가움이 솟구친다

수백 리 지하갱도 속
광부가 반기는 또 하나의 생명체
날카롭고 섬세한 촉수로 끊임없이
가스 폭발 위험을 경고해 주면

탄가루는 쥐의 사자使者 되어
광부에게 살길을 쏜살같이 일깨워주니
지하도시의 사람들은
갱도의 쥐를 신神
검은 신이라 말한다

내 안에 갱도가 있다

새까만 골짜기를 한 발 한 발 더듬으며
헤드라이트가 비추는 만큼 나아간다
다른 길은 없다
자식들 손가락 빨지 않고 대학 보내고 싶다는
욕심도 부리지 못한다
몸 성히 되돌아나가기만 바랄 뿐

동발에 팔꿈치 부딪치고 광차에 무르팍 으깨져도
성주산에 해 뜰 때까지 곡괭이질 하다가
눈뜨면 또 시작되는 하루

폐광 후 사십여 년이 지난 개화리 아침
알람시계에 길들여지지 않는
시뻘건 갱도가 내 안에도 있다

이슬이 온다

갱도는 서서히 배가 아파온다
스르르 석탄 가루 내리며
석탄 핏방울 똑똑 떨어지더니
붉게 충혈된 갱도에
검은 이슬 으스스 내린다

탄炭 밥 오래 먹은 선산부의 동공이 놀라
눈알만 시꺼먼 허공에 꽂히고
발끝에서 손끝까지 바르르 떨려오는 정적

이윽고 진저리치는 산통 끝에
이슬은 무너진 갱도라는 신생아를 낳는다

*이슬이 온다:
① 미세한 탄가루가 떨어지는 현상으로 물통이 터지거나 천장 암반이 무너지기
  전 나타나는 증상.
② 출산 임박을 알리는 징조로 혈액이나 분비물이 나오는 것을 이슬이 비친다
  고 함.

굴진의 시간

원통형 드릴을 어깨에 멘다
십 킬로가 넘는 묵직함을 온몸으로 감내하며
선산부가 착암기의 스위치를 켜면
막장이 무너져 내릴 것 같은 격렬한 진동
귓구멍에서 피 터지는 메아리
견뎌야 한다
둘째 대학등록금 납부가 코앞이다
어금니 앙다물고 버텨야 한다

수건으로 입과 코를 틀어막았어도
앞을 분간할 수 없는 탄가루
꿀꺽꿀꺽 삼키며
허벅다리 쥐가 나도 멈출 수 없는 천공

땀구멍 하나하나, 발톱눈까지
모조리 귓구멍이 되어버리는 굴진
정작 나아가야 할 광부의 시간은 꽉 막혀
한 발짝도 움직일 수 없다

*선산부: 석탄 캐는 일에 종사하는 숙련된 광부.

막장에도 천당이 있다

가만히 있어도 사십 도 지열이 입을 틀어막는 막장
높은 습도는 동글동글 땀방울 맺히는 것조차 허용하지 않고
지하에서 지상으로 올라오려는 작은 꿈을 붕락시켰다
땀범벅으로 시간을 말아먹는 막장, 그곳을 지옥이라 불렀다

똑같은 막장에서 스프링클러 물줄기 하나 뿜어내면
장화에 척척 달라붙는 시꺼먼 흙덩이를 떨어내며
그 길을 천당이라 불렀다

소년 광부

돈 많이 벌 수 있다는 말에 솔깃하여 동발을 멨다
하루치 동발을 어깨에 메고 노보리 막장으로 간다
허리도 다리도 구부정한 소년을 짓누르는 것은
동발이 아니라 숨 막히는 수백 미터 지하의 호흡
알몸뚱이 하나 겨우 운신할 수 있는 막장의 너비
젖어오는 몸, 축축한 붉은 눈
힘껏 치켜떠도 앞이 보이지 않는 막장에서
동발을 세우는 날이 오랠수록
소년의 꿈은 나무토막처럼 잘려 나갔다
돈 많이 번다는 것이 결국 목숨값임을 알아차리고
날마다 떠날 궁리하였으나
막장 밖 세상도 겨우 몸 하나 성한 소년에겐
또 다른 막장
결국 다시 돌아와 갱구 앞에 서 있는 늙은 광부

*노보리: 경사진 면을 올라가면서 채탄작업 하는 상승사갱도上昇斜坑道의 막장
 갱도. 광부들은 일명 개구멍이라 부름.

두 개의 하늘

똑똑 헬멧 위로 떨어지는 빗방울 소리

소스라치는 막장의 기침

아무나 받들 수 없는 갱 안 하늘의 묵시

탄가루로 세례받고

무릎 꿇는 겸손을 배워야 들리는 말씀

거역하면 바깥 하늘 두 번 못 보고 마는 광부의 경전

덕대

복수초 피고 지고
애기 무덤 한 귀퉁이 구절초 무더기 지고 핀다

지하에서 퍼 올린 지폐들 닥닥 긁어모아
사촌 형 통장까지 고스란히 깨뜨려
광주에게 받은 허채증서
까만 주먹 꼬옥 쥐고
굿복 입은 두더지로 채굴의 땀방울 차곡차곡 쌓았다

발가락까지 질척대는 장화를 비워내고
다시 허리 구부려 곡괭이 든다

덕대 노릇 못하겠다 팽개치고 싶어도
아른거리는 처자식,
목숨 붙어 있는 것들은 죄다 우주 한 모퉁이
임대 내어 살아가지 않는가 스스로 토닥이며

자잿값도 나오지 않는 갱도에서
돌아가지도 나아가지도 못하고

부도를 맞는다

관광 노보리

1. 문화상품이 된 광부

강원도 정선 삼탄아트마인에서 원인 모를 언짢음의 정체를
이제야 알겠어 성주면 성주리 입구 건물 벽에 똑같은 표정으로
웃고 있는 '광부의 미소'가 그랬고, 광업소 사무실과 광부 목욕
탕을 리모델링하여 영업하는 갱스 카페도 그랬지 스토리텔링하
여 문화예술로 승화시켰다고 생각하면 그만인 것을 뭔지 모를
메스꺼움, 살점이 뚝뚝 떨어져 나가 형체 알 수 없는 시체가 거
기 있었고, 별안간 산화된 아버지의, 남편의, 자식의 통곡이 거
기 있었어 갱도 모형이 그대로 살아있는 지하 여기저기에서 안
전모 쓴 광부가 절뚝거리며 불쑥 튀어나올 것 같아

2. 보이는 게 다가 아니야

사람이란 것들은 말이야 보고 싶은 것만 보고, 믿고 싶은 대
로 생각하는 경향이 있어 고위 관리나 기자들이 갱내 견학을
할 때면 시설이 좋은 현장으로 안내했다지 그러니 막장의 실체
를 알 턱이 있나 막장이 좋아지면 뭐 얼마나 나아졌겠어 이천년
대 비로소 기계화된 채탄 방식이 들어오고 노보리는 사라졌다
지 하지만 '관광 노보리'라는 말은 녹슨 동발에 대롱대롱 매달
려 여전히 알몸으로 기어오르는 광부를 비웃고 있어

*관광 노보리: 고위 관리나 기자들이 견학을 오면 보여준 그나마 작업환경 좋은 막장.
*광부의 미소: 성주8리 입구에 그려진 광부의 얼굴 벽화 이름.

수건

그녀는 입갱 동지다
갱도 깊숙이 들어갈수록 더욱 밀착하며
함께 젖고 함께 구겨진다

곡괭이질이 지쳐갈수록
미소도 생기도 잃어간다

날마다 세탁해도
광부의 폐처럼 늙어간다

광부는 점점 무거워지는 그녀의 눈물을 목에 두르고
갱은 점점 더 깊어진다

후문

숱한 망설임 끝에 발 디딘 외길
밑바닥 인생에서 도망치려고
더 깊은 바닥을 찾아간 청년 광부

주모의 짙은 분 냄새도
담배 연기에 묻혀버리는 선술집에서
막걸리 잔 벌컥벌컥 비워낸다

어둠 깊어질수록 희망이 밝아오는 아이러니라니
잠깐 돈 모아 어엿한 가정 꾸려보려 했다
고막 찢는 천공기 여기저기 길을 내고
목숨 건 채굴 갱도를 넓혀가도
스무 살 광부가 빠져나갈 후문은 없었다

탄차와 인차

간담이 서늘한 수직 갱도를 지나
검은 다이아몬드 숨겨진 채탄막장까지
하루 할당량을 채우기 위해
식사 시간도 갉아 먹는다

깊이 들어갈수록 살갗을 파고드는 공포
돌멩이 튕기는 소리에도 놀라며
안개 분진으로 뒤덮인 안경 너머
검게 빛나는 벽을 더듬는다

하루해가 비스듬 몸을 누이면
사갱 깊숙이 마침표를 찍고
인차에 몸을 싣는다

광부는 쉼 없이 탄차를 견인해도
광부 실은 인차는
끝내 그의 생을 견인하지 못한다

보리쌀 눈

누리끼리하고 거뭇한 양은 도시락 뚜껑을 반쯤 열고
제멋대로 날아다니는 석탄가루 후후 불며
쭈그려 앉아 젓가락질하는 수백 미터 지하

마주한 동료의 헤드라이트가 밝혀주는 불빛 따라
반짝 상고머리 중학생이 보인다
도시락 건네며 월사금 걱정하던 아내
까만 눈동자 깜박이며 말 걸어온다

보리쌀 눈 한 알 한 알이
목젖 넘어가다가 발딱 서서는 눈물샘 걷어찬다

서둘러 도시락 뚜껑을 닫고 일어선다
보리쌀 눈알이 뱃속에서 자정으로 가는 길을 내고 있다

연탄재 막장

낮빛 허연 얼굴로 가는 길 막아선다
가만가만 숨구멍을 들여다보니
카바이드 불빛 숨가쁘게 돌아가는 갱이 보인다

더듬어 찾아간 막장 인생의 막장 끝에서
다이너마이트 폭발하는 희열을 만난다
죽어도 좋으니 부숴버리고 싶다
기꺼이 제 몸 불살라 탄맥 뚫고 있는 광부가 보인다

목숨 건 생의 채굴은 자정에 더욱 붉어진다

게다

*게다: 광부들이 목욕탕에서 신는 신발.

버려진 나무 조각 주워 모아 구멍을 낸다

연탄불에 벌겋게 달구어진 쇠꼬챙이의 갑질
컨베이어벨트로 덧댄 광부의 목숨 건 노동보다
더 역겨운 감독의 폭행과 협박

까만 거품들 탈출구 찾는 목욕탕에서
타닥타닥 시멘트 바닥을 후려친다

상처 난 광부의 맨발을 비웃는 듯

*게다: 광부들이 목욕탕에서 신는 신발. 나무에 구멍을 내어 컨베이어벨트나 나
 일론 끈으로 만들어 신었음.

월전죽도 바위너덜

어둠이 바닥을 쓸고 나간 조금의 새벽
대낮의 그림자들 하나둘 걷히고
원시의 나와 마주한다

물때 모르고 사는 이들과 나는 다르다고 생각했다
해수면이 가장 낮아진 때에야
바위틈 골골이 패이고 찢긴 곳에 찰람거리는 눈물
비늘 조각으로 온몸을 덮어 물 한 방울도 허용하지 않고
스스로 갱이 된 내가 있다

염통만 살아 초침과 밀당하는 새벽
감추고 싶은 맨살 서서히 수면에 떠오르기 시작한다
숨을 곳도 달아날 곳도 없는 바다 한가운데
내 안의 바위너덜 하나하나에 이름 지어주며
다시 만조를 기다린다

옥마탄장 가는 길

한때는 덤프트럭이 꼬리에 꼬리를 물고 오르내렸다
구절양장 고갯길에 까무룩 핸들을 놓치면
탄가루 세례 쿨럭쿨럭 쏟아내던 옥마산 옛길

보령 최초의 신성탄광, 마지막 심원탄광까지 팔십여 개의 탄
광들
옥마산 언덕에 탄가루 뿌리지 않은 광업소가 없었다

낡은 덤프트럭에 석탄을 싣고 연탄공장부터
군산, 이리, 남원까지 오가며 검은 꿈 실어 나르던 청년 김 씨,
죽을 뻔한 교통사고로 운전대만 놓은 게 아니다

옥마탄장 덮고 있는 파란 천막이 들썩이는 날이면
성주터널이 생긴 후 찻길 사라진 그 길에서
노년이 된 그가 이따금 주머니 속을 만지작거린다
잡히지 않는 작은 씨앗을 꺼내놓을 것처럼

굴진막장에서 착암기로 구멍 뚫는 작업을 하는 광부들, 사진: 보령석탄박물관

| 제2부 |

빈틈없는 어둠과의 격투,
불길이 또 하나의 지층을 뚫고
활활 꽃망울 터트린다

성주리 탄광촌 깃발들

꿈자리 뒤숭숭한 신새벽
오그라든 심장 가까스로 달래며
남편의 도시락을 챙긴다

배웅을 마치기 무섭게 벌뜸으로 내달렸다
불안한 심장이 깃발처럼 팔딱였다

성주산 병풍처럼 둘러싸여
깃발 꽂은 점집 흔한 줄 알았더니
남편 신발코 돌려놓은 절박한 기도라니

신빨 강한 보살에게 부적 한 장 받아들고
그제서 안도의 숨 내쉬는 탄광촌 아내

*벌뜸: 보령시 성주5리 마을 옛 이름 중 하나.
*신발코 돌려놓는 일: 방 쪽으로 돌려놔야 광부가 무사히 돌아온다고 믿음.

금기

바지랑대 툭 건드리는 참새 한 마리
탄광촌 부녀자들의 새벽 빗장을 연다

출근하는 광부를 앞질러 가면 부정 타고
출근 전 남의 집 방문은 불길한 징조
밥그릇에 네 번 퍼담는 건 절대 금지
도시락을 땅바닥에 내려놔도 안 된다

여자가 울면 재수 없고
웃으면 하늘 두 개 덮어쓰고 돈 버는 사내와 살면서
희희낙락한다고 쑥덕댄다

도대체 허락되는 건
조심조심과 불안불안뿐

기우뚱, 산 그림자 성주 천川 덮는 날이면
밤 고양이 울음소리 더욱 스산하게 흘러간다

난청

큰 산도 흔들흔들 몸살을 앓는 굴진작업
착암기 부여잡고 온몸 부르르 떨며
귀청 찢어져도 구멍을 뚫어야 했다

안전장비 대신 사고책임 떠안고
불평불만 할라치면 그날로 해고당하는 막장에서
힘줄 터져라 외치는 울부짖음

- 광부도 사람이다 인간답게 살아보자
- 작업환경은 고사하고 임금 노예 만드는 도급제 노동 폐지
하라
- 먹고살려고 막장에 들어왔지 개죽음 당하려고 온 게 아니다

친인척 동원해 광부 염탐질시키고
갖가지 징계를 만들어 도급제 임금 삭감하고
잔말 말고 일하고, 주는 대로 받으라는 탄광업주

광부 목숨 담보로 경제성장 외치며
지원금은 업주 주머니에 홀랑 털어주고
광부 인권 외치는 소리에는 귀 틀어막는 정부

도대체 다이너마이트는 누가 터뜨렸는데
엄한 놈들이 딴청이다

도시락에 절하는 일

붉거나 푸른 보자기에만 싸야 한다
광부의 도시락은
바닥에 내려놓아도 부정탄다

아내는 정성스레 싸서 손에 꼬옥 쥐어주고
허리 구부려 인사까지 한다

도시락에 절하는 일은
푸른 하늘에 손 모으는 일이다
붉은 땅 향해 머리 조아리는 일이다

지푸라기라도 잡고 싶은 아내 마음
꽁꽁 싸매어 묶여있다
목숨 새어나갈 틈 없도록

귓밥

말이 사택이지 판자 지붕, 그마저도 입주는 하늘의 별따기
둘째가 곧 태어난다고 주임에게 사정사정하여
겨우 방 한 칸 차지했다

탄광촌 사람들은 어제 든 사람이나, 일 년 된 사람이나
객인 건 마찬가지다

아이를 줄줄이 낳고 살아도 곧 떠난다는 말을 입버릇처럼 달
고 산다
발 딛고 사는 사람 중 지구 한 귀퉁이 세 들어 살지 않는 사
람 있다더냐

이사 갔나 싶으면 어느새 검은 발톱 디미는 탄가루는
귓바퀴 고랑에 엎혀산 지 어언 십여 년이다
하루 한 번 검은 세간을 들였다 뺐다 반복하며
아무도 모르게 뽀얀 밥을 짓고 있다

지팡이

갱도가 생의 유일한 젖줄인 사내가
잠든 어린 아들을 보며 작업복을 입는다

지하의 하늘을 떠받들고 있는 무수한 동발이 가리키는 곳
으로
하루도 빼놓지 않고 항해를 한다

가만히 서 있어도 물 먹은 솜뭉치가 되는 지하 막장에서
숨 턱턱 막혀도 틈새 없이 더 틀어막고 기역 자로 굽은 허리
펼 새 없이
땀방울이 길을 내주는 작은 내를 저으며 나아간다

새벽에도 자정에도 입방초 물어야 겨우 떨어지는 발걸음
걸음마하는 아들 눈꼬리 따라 갯버들 하늘거리고
성주천은 무심히 흐르며 아버지 발걸음을 재촉한다

* 입방초: 갱도에 들어가기 전 태우는 담배.

광부의 꿈

검은 전선 속
끝없이 불타고 있는
저 울음의
천
둥
소
리

막걸리, 광부에 빠지다

평생토록 숨죽이며 기다려 온 날
마침내 목련 빛 몸을 열고
오직 한 길 너를 향해 달려간다

사발 위에 점점이 제 꽃잎 떨어뜨려
마지막 한 방울까지 진하게
너만을 위해 다시 살아가리
당신의 까만 흔적 안을 수 있다면
내 삶이 통째로 휘발되어도 좋으리

탄광촌의 겨울밤

사방은 콘크리트 벽
아무것도 없다

사람 키보다 낮은 창고형 월세방에서
목사 부부가 쌀 뉘를 고른다

육십이 다 된 최 씨, 아버지 따라 광부가 된 이십 대 오 씨
탄광촌 내력을 줄줄이 꿰고 있다

쌀알은 이쪽에 가루는 저쪽에
손톱 등 아래 터지는 바구미 소리
시간도 압사당하는 겨울밤

차라리 진폐 선고를 받는 게 더 낫다
진폐의증 환자는 보상은 고사하고 당장 일자리도 잃을 판이다

절망조차 지쳐가는 탄광촌의 겨울밤

막걸리 의식

대낮부터 취했다고 손가락질 마라

막걸리는
죽어가는 자신을 위한 기도다
두려움 내쫓는 부적이다

진폐의증 진단받은 날 오 씨는
목울대 핏대 세워 외쳤다
"막걸리하고 도야지고기 먹으면 탄가루 싸악 씻어준다니께"

광부의 절규

산업 전사라 떠받드는 척 희생을 강요하지 마라
우리가 언제 가난과 외로움을 보상해 달라고 했더냐
단지 정당한 노동의 대가를 바랐을 뿐

여기가 내 무덤이라고?

봄바람에 밀려 여린 감나무 이파리 내게 다가오면
바람 불어오는 저쪽 너머에 노 저을 배 한 척 있다
나를 위해, 내 가족을 위해 닻 올릴 준비 마치고
하냥 기다리고 있다

막장으로 길을 내다

입 막은 하품이 눈 감기는 자정
때 절은 작업복 여미며
하루치 곡괭이질을 가늠한다

성주, 미산, 청라 사내치고
막장에 안 들어간 이가 없고
목숨 붙은 사람치고
막장 길 안 걸어본 이가 없다

막장 끝에는 길이 없다
되짚어 오는 것이 유일한 출구

면역도 생기지 않는 불안감 툭툭 털어내며
출갱하는 병방 선산부의 퇴근길
되돌아온 아침 해가 길을 내주고 있다

탄광촌 깃발

착암기로 구멍을 뚫어 부려놓은 생명이
우화羽化를 꿈꾸는 낟알의 시간

단단하게 홀로서는 긴 터널에서
목숨 흔드는 저 어린 꿈

성주산 막걸리 아리랑

허연 연기 타고 기약 없는 생이 흐트러진다

긴장 풀 수 없는 하루치 작업을 마치면
퇴근길 검둥이들이 허연 이빨로 선술집에 둘러앉아
막장 영웅담을 한 사발씩 토해낸다

까짓것, 못 돼봐야 죽기밖에 더 하겠어
일주일 주기로 밤낮이 뒤바뀌는 우주 한 귀퉁이
갑방 작업부의 격한 파열음이
고막 지나 나의 심장으로 파고든다

볼록해진 뱃속에서 꿈틀거리는 까치놀
연기로 빚은 막걸리가 생을 마친다

* 갑방 작업부: 삼교대 하던 작업시간 중 08시부터 16시까지 작업을 하는 광부.

기일

비 젖은 꽃 이파리 팔딱이는 사월
초침은 또깍때깍 어스름한 빛을 실어 나르고
남편을 기다리는 만삭의 그림자 하나 집 앞을 서성인다

전화 한 대 없는 탄광촌에서 유일한 소식통은 동료의 전언뿐
아무도 돌아오지 않는 마을에 구급차 한 대 정적을 깬다
누가 돌아가셨나 생각 마치기도 전에 그녀 앞에 다가선다

불과 몇 시간 전 남편이 타고 떠난 하얀 차를
이젠 만삭의 그녀가 타고 간다

벚꽃 비 내리는 사월 아침
보름달 이파리 살점 떨구기 시작하면
습관처럼 배를 양손으로 받치고
남편을 만나러 하얀 길 걸어간다

사북의 소리

입갱하는 광부 되어 안전모를 쓴다
인차에 오르니 괄괄한 아저씨
젖은 목소리로 나지막이 말한다
광부들을 기억해 주세요

덜커덕덜커덕 레일을 밟고 광부의 음성도 뒤쫓아온다

얼마나 들어갔을까
잊을 만하면 크고 작은 사고가 터졌다는 사북탄좌
그리고 사북항쟁
지난밤 사고 소식을 애써 털어내며
긴 호흡하였을 터다

깊이 들어갈수록 또렷해지는 얼굴들
기억의 저 너머 순식간에 사라지는 광부가 보인다
갱도를 빠져나오면 반기는 팻말
'아빠, 오늘도 무사히'

어떤 배웅

전봇대에 숨은 외줄기 눈물이 그녀를 배웅한다
남편 보상금으로 차린 다방마저 잃고
청라를 떠나가는 여자의 뒷모습

저만치 밀려난 생의 변두리에서
말없이 붉은 그림자로 서성이다가
광차에 밀려 하늘길로 떠나간 광부
그보다 몇 곱절 버거운 여자의 폐차를 끌고 가는 삶

등 굽은 친정아버지
그 여자 뒷모습만 우두커니 쫓고 있다

폐갱도

폐갱도 울음으로 키워낸 사연
성주산 장군봉에 솟아오른다

광부 아버지를 갱 속에 묻고
선탄부 어머니를 기다리던
여섯 살 여자아이의 겨울밤

석탄합리화 먹구름은
어머니의 일자리마저 야금야금 갉아먹고
결국 도회지로 등떠밀린 여자아이

탄광촌에서 멀리 달아나고 싶었으나
음력 정월 초하루면 어김없이 돌아와
아버지의 폐갱 보듬고 사는 어머니 뵙는다

성주산 고갯길 넘다 보면
여기저기 모습 드러내는 아버지
푸른 계절이 썰물로 사라진 후
후두둑 갈참나무 이파리
바위틈에 광부 이야기 부려놓는다

석탄꽃

수억 년 빚어온 풀잎이다
나무다 밀림이다

거꾸러지고 뒤집히고
시간의 회유와 담금질 거쳐
마침내 천 길 무연탄으로 깊어진다

하나의 틀 속에 서로를 가두며
먹빛 생채기 울분을 토해낸 수만의 밤

빈틈없는 어둠과의 격투,
불길이 또 하나의 지층을 뚫고
활활 꽃망울 터트린다

석탄을 광차에 실어 운반하는 모습, 사진: 보령석탄박물관

| 제3부 |

붉은 졸참나무 조문하는 가을하늘에
저마다 억새풀로 은빛 묘비명 쓰는 저녁

알고 있었을까, 그는

임신한 아내를 위해 손빨래하고
이웃들과 다정다정 인사 나누던 출근길

태아의 숨소리를 온몸으로 느끼며
굿복 갈아입고 갱 안으로 들어간 광부
광차 바퀴보다 더 빠른 속도로 뛰어
레일의 방향을 바꿔야 하는 일촉즉발

순간,
성난 광차의 외마디 소리에
세포 하나하나에 깃든 태아의 꿈을 죄다 토해낸다

궤도를 이탈한 조차공의 운명
거기, 무수한 석탄 부스러기와 함께 널브러져
하늘 자락에 붉은 만장 흐느끼고 있다

물통사고

시시때때로 광부의 검은 목숨 노린다

물길 따라 죽음 흘러드는 갱도의 공동空洞에 모여
지하 호수를 만든 물기둥
턱까지 차오른 수압 숨긴 채 혀를 날름거리더니
갱도보다 더 깊은 어둠을 터뜨린다

짓눌린 생의 폭발
엿가락처럼 휘어진 철로에 광부의 몸통 곤두박질치고
광부를 삼켜버린 검은 파도
갱도의 숨통을 휩쓸고 홀연히 퇴갱한다

* 물통사고: 광부들이 가장 두려워하는 사고로 지하수맥이 터지면서 갱도가 무
너지는 사고를 말한다.

화약 폭발

사방으로 흩어진 살점 위
켜켜이 덮는 분진 시트
익숙해도 여전히 공포스러운 죽음

더 빠르게 도화선을 연결했더라면
좀 비싸도 안전도화선을 사용했더라면
뼈아픈 후회만 유언으로 남아
무너진 갱 안을 떠돈다

광부의 임종을 지켜준 유일한 갱도
그 역시 홀로 폭발을 맞는다
갱도 밖 등성이엔 진달래 몽우리 터뜨리는데

도화선

1. 정적

도화선에 불 댕긴 후 쏜살같이 뛰어가 폭발을 기다리는 숨죽임, 엊그제 탄광 사택에 이사 온 마흔네 살 서 씨는 탄맥이 막장인생 끝내줄 도화선이라 믿었다 맥을 짚고 제대로 폭파해야 한다 째깍째깍 불길한 정적이 길어지고 물러서듯 나아가는 잰걸음, 끊어진 것인지 꺼져버린 것인지 초조한 동공이 구멍 너머 폭약을 살피는 순간, 모든 게 멈춰버린 폭발

2. 불발

계산대로 발파되고 먼지 가라앉으면 채탄반이 쌀 반 가마니 무게의 동발을 메고 들어올 것이다 곡괭이와 삽으로 채탄이 시작되고 임무를 마친 굴진반은 안도의 숨 내쉬며 돌아 나오면 그만이었다 어제 같기를 바라는 서 씨의 낮고 작은 바람이 한순간에 산산조각이 났다 채탄반 대신 구조대와 가족이 몰려오고 돌무더기 파헤쳐 시신을 찾는 고역이 끝나지 않는다

공차空車

쇳밧줄 끊어져 인차가 막장에 곤두박질쳤다
목 터져라 소리쳐도 아무 말 없는 조차공에게
계속 소리 지르며 경사진 갱으로 내려갔다

도막도막 짓눌려 굽은 등만 보이는 광부
목이 부러지고 손발 제멋대로 내젓는 몸뚱이를
힘껏 들어 올리는데 툭 풀어진 시계
째깍째깍 제 주인의 부음을 알린다

다급하게 공차가 내려오고 시신을 수습한다
다시 공차가 내려오기를 몇 번
마지막 공차에 몸을 얹고 사무실로 돌아온 소장
재떨이를 내던지고
피떡이 된 작업복 차림으로 퇴근한다

다음 날 아침 갱도는 여느 때처럼 입 벌리고 광부를 맞는다
괜한 발길질하며 점점이 피 묻은 그 공차를 타고
채탄장으로 들어간다

*공차: 사람이나 짐을 싣지 않은 비어있는 광차.
*조차공: 전차공을 도와 선로교체나 광차 운반 등을 담당함.

아들의 아버지

아들의 도리를 다하고 싶었나 보다
백일탈상 아침 세상에 나온 유복자
탄가루 덮어쓴 다정한 아버지들의 아들로 자라
햇돼지 신고식도 마쳤다

이삼 년만 버텨보리라 어금니 깨문 결심
막장 아침을 맞는 병방작업도 수 해를 넘긴다

일 년에 수십 명의 아버지를 잃는 막장 지옥
눈을 뜨거나 감거나 암흑인 건 매일반
벗어나고 싶다고 돌아서면 더 진하게 풍겨오는
얼굴 없는 아버지의 체취

막장에서 만난 수많은 아버지, 아버지
아들은 오늘도 아버지 계신 갱구로 들어선다

*햇돼지: 갓 입사한 광부.
*병방작업: 24시 ~ 08시까지 작업하는 근무조.

형부

겨우 이정표일 뿐이다 '정선'이라는 좌표에 시간이 멈춘다 언젠가 꼭 와보고 싶었던 곳, 정작 맞닥뜨리고 나니 죄지은 사람마냥 온몸이 벌벌 떨려 온다 '정암광업소' 팻말이 명치에 걸렸다 폐광의 흔적 위에 지은 삼탄아트마인, 이런저런 해설이 귀에 들어오지 않는다 지하로 내려갈수록 나의 귓바퀴는 내 안의 작은 방 속에 갇힌다

광부들의 목욕 시간을 전시한 사진들
탄가루에 얼룩진 검은 나체 드러내고
사진 속 광부가 수치스러운 듯 일그러졌다

지하로 내려간다 금방이라도 가동될 것 같은 조차장 시설, 젊은 광부가 두 눈동자와 가지런한 이만 허옇게 드러내고 온통 새까만 얼굴로 철로 중간에 굿복 입고 서 있다 아니 구부정하게 엎드려 있다 어쩌면 쪼그려 앉아 철선을 잇고 있었을 것이다 갱도를 달리는 탄차가 형부를 덮쳤다 그나마 다행인 것은 찰나였을 것이다 눈 들어 마주보기 전 휙 지나갔을 것이다

밖으로 나가는 문이 보이고
저기, 만삭의 둘째 언니가
아무 일 없는 여느 때처럼 저녁밥 짓고 있잖은가

개화리 공동묘지

누가 무연고 묘라 하였는가

성주탄좌에서 생의 마침표 뭉그러진 무명씨들이
묘비도 없이 누워있는 개화리 언덕

언어로 표현할 수 없는 무수한 연고
붓으로 감당할 수 없는 막장 절규

붉은 졸참나무 조문하는 가을하늘에
저마다 억새풀로 은빛 묘비명 쓰는 저녁

탄광촌 십자가

초승달이 희미하게 능선 드러내는 초봄
쩌른 다리 내젓는 어린 딸을 등에 업고
다시는 밟지 않겠노라 다짐한 성주리 탄광촌에 든다

만삭 아내를 두고 영영 갱도에 묻힌 그의 남은 생을 생각하며
숨 거두기 전까지 애타게 불렀을 딸아이 손목 잡고
남부럽지 않게 키워 내리라 다짐한다

속 빈 폐광이 마른 젖 물려 키운 산수유꽃
손톱만 한 붉은 살이 검게 타들어갈 때까지 꼭 붙어서
노오란 꽃 피우기를 고대하고 있다는 걸
그제야 깨닫는다

대천읍 서울의원

장날처럼 북적대던 대천읍 서울의원이
도시 한복판 흉물스럽게 방치되어 있다

1980년 엉겅퀴 꽃물 드는 오월
다섯 명의 생목숨을 매몰시킨 덕수탄광 물통 사고
처남 매부지간 오세창, 남민용 씨는
갱목 껍질과 오줌물 마시며 닷새를 버텨냈다

어둡고 습한 벽을 더듬고 또 더듬어
피투성이가 된 광부의 손과 발이
구조원이 들고 온 하얀 시트 위에서
실핏줄까지 깨워 바들바들 움켜쥔 정신줄 놓았더란다

실려간 이가 어디 광부뿐이겠는가
막장을 살아가는 무수한 사람들의 마지막 호흡을
말없이 받아준 병상
이제 받아놓은 호흡을 토해내는 건지
퀴퀴하고 비릿한 냄새
깨진 유리창 틈으로 새어 나온다

철창문 안쪽에서는 아직도 매몰된 누군가가
포기할 수 없는 시간과 사투를 벌이는 중이다

*대천읍: 현 대천동.

아버지의 검은 땅

성주산 등성이 산벚꽃 피어나고

백운사갱에서 요령소리 울린다

동서의 권유로 잠깐 노다지 캐러 들어간 곳

선소리꾼에 맞춰 어~어이 상여꾼 뒷소리

갱도에서 굽이쳐 다시 메아리로 살아있는 곳

시절 없이 울긋불긋 만장 나부끼는 곳

숯덩이 되어 영영 갇혀버린 곳

그믐달

밤나무 몸체 분질러 사각의 위패로 모셨다

두 번이나 혼절한 광부의 아내
손수건 꼭 쥔 주먹을 바르르 떨며
부르튼 입술로 피 터져라 속울음 우는 겨울밤

지하로 길게 누운 계단을 밟고 내려와
세 발로 서있는 꽃무덤
어쩌면 갱도에서 꽃피운 조화였는지 모른다
부러진 생을 맞이하는 초대장이었는지 모른다

생기 잃은 꽃 한 송이 영정 향해 절하고
유성만 하나 둘 조문하는 자정
꼿꼿하게 허리 한 번 펴지 못한 한살이 겨울 생애
그믐달로 떠 있다

탄광촌 오누이

애초 검은 것과 친한 아버지는
숫제 까만 재가 되었고
그 잘난 보상금은
지난밤 어머니의 보따리와 줄행랑을 쳤다

곧 비워줘야 하는 사택 한 귀퉁이
여기저기 버려진 폐탄 사이로
어린 눈동자들
냉기 가득한 빈방을 더듬고 있다

석탄 고르는 여인

흙더미 뒤져 석탄과 잡석을 가려낸다 온종일
굉음을 내며 거대한 분진과 함께 컨베이어벨트 위
무한정 쏟아져 내리는 삶의 무게

얼굴에 달라붙는 일상은 분진보다 지독하다
검은 눈동자는 보석과 잡석 사이 헤집어
궤도 이탈한 가족의 목숨을 쓸어 담는다

마스크 필터를 교체하는 손톱 끝
까만 그믐달 떠오르고
마스크 끈 풀 힘조차 사라지면
집으로 돌아가는 새벽 별이 뜬다

산벚꽃

누가 거기 어둠 속에 오시는가
순백의 치열 드러내고 옥마산 기슭에서
살 부비며 나를 반기시는가

길 잃은 새앙쥐 미로에서 출구를 찾듯
막장의 막장 끝에서 부러진 곡괭이 허리 끌어안고
분진 토해내며 마지막 숨을 헐떡이시는가

끝 간 데 없는 열명길을 홀로 가시더니
이 봄, 산등성이에 어김없이 피어오른다
사월이면 다시 찾아오겠다는 당신의 맹서

처녀 광부

갱내 낙반사고로 아버지를 잃고
낙탄정리부로 고용된 지 일 년여
탄차에서 떨어진 탄덩이 모아 머리에 이고
자정을 맞는 열여덟 살 광부

갱 밖 혹한과 끊어질 듯한 허리 통증보다
손톱 아래 지워지지 않는 탄 때가
더 괴로운 사춘기

머릿수건 여러 장 칭칭 덮어쓰고
분진 마스크 꽁꽁 가려
새까만 눈동자만 알아볼 수 있는 건
그나마 다행이다

성주산 바위비석

일찍 등교하고 난 후 자고 있던 가족이 매몰되어
하루아침에 고아가 돼버린 여고 동창 진이

전학을 가버린 그녀가
봄볕 좋은 사월, 꽃이파리처럼 나풀나풀
차창에 내려앉는다

매몰된 삶들 켜켜이 쌓인 성주산 등성이엔
버짐처럼 번진 벚꽃 사이 비문도 새기지 못한
바위비석 홀로 서 있다

비명횡사한 광부의 넋이 저 지하갱도를 뚫고
단단한 돌꽃으로 피어났나 보다

딸아이 이름조차 불러보지 못하고 땅속에 묻힌
무수한 아버지들의 돌덩이 가슴이다

성주산 봉우리에 내려앉은 사월의 하늘이
그날처럼 시퍼렇다

눈알이 아리다
침몰한 눈동자들 아직 거기 있나 보다

갱내에서 작업을 끝낸 광부를 인차로 수송, 사진: 보령석탄박물관

제4부

산 사타구니마다 마른버짐처럼 꽃 무더기 시시때때로 번져가고

초로에 핏기 잃은 광부의 몸 구석구석 오래된 상처들

벌겋게 소리 지르며 발기하고 있다

석탄산업희생자위령탑의 말

　그럴듯한 옷 입혀 사지로 몰았다 돈 벌려고 스스로 간 길이
라 말하지 마라 죽지 못해 막장까지 들어갔어도, 눈동자 빼고
죄다 탄가루 뒤집어써서 까마귀 같아도 사람이다 채탄을 위한
소모품이 아니다 살아있는 멀쩡한 모습으로 돌아가고 싶은 마
음 간절하였다 막장 무너져 동료를 업고 나오는 날에도 통곡만
할 뿐 날이 밝으면 다시 막장으로 기어들어 가야 했다 전국 방
방곡곡 방구들을 덥히고 산업 기계를 돌려 경제에 불을 질렀으
나 정작 우리들의 삶은 따뜻한 온기 하나 없는 막장에서 짐승
처럼 쓰러져갔다

　산업전사라 이름 붙이고 위령탑을 세우고 광부 조각상을 세
우면 무엇 하나, 하루가 멀다 하고 들려오는 붕괴 소식, 채탄량
을 맞추기 위해 닦달하는 도급제 정도는 참을 만했다 탄 캐다
죽는 것을 당연하게 여기는 높은 양반들 맘 보따리가 괘씸한
거다 억울한 거다 폐광 40년이 지난 지금도 가슴에 탄가루 끌
어안고 연명하는 동료들이 보령아산병원 5층에 있다 광부들을
막장에 밀어 넣고 방석집 드나들던 광업주들은 다 어디로 갔나
광부에게 방한복을 하사하며 생색내던 그 높은 분은 어디에
있나

스스로 막장에 길을 내고 사지를 향해 걸어가는 우리들의 막
장정신 외면하고 폐갱 위에 탑 하나 세워 농락하고자 하는가
막장에서 악 소리도 못 내고 스러져간 우리 광부들이 눈 부릅
뜨고 벌떡 일어날 일 아닌가

염, 다시 염

광부의 마지막 외마디가 혼절한 채
허옇게 뭉쳐 있다

다섯 살짜리 아들이 아버지를 땅에 묻고
삼십여 년 후 무덤을 열었다

조각난 유골
전해들은 이야기 조각조각이 아버지에 대한 기억의 전부다

허연 유골로 처음 뵈옵는 아버지
쏜살같이 달려오는 탄차와 함께 갱도의 티끌이 되시었다

깨진 머리 솜뭉치로 채운 유골 앞에서
담담하더란다 이상하게 아무렇지도 않더란다

아들의 침묵이 오래 뭉쳐 있을 모양이다

내 안의 작은 방에는

중2 단발머리 여자아이가 산다 그 아이를 숨겨주는 전봇대가 있고 꼭꼭 붙들어 매 흐르지 못하는 눈물방울이 있다 정지된 것은 그뿐만이 아니다 어둠을 잡고 있는 초승달이 아버지의 굽은 등을 밝혀주고 서 있다 언니에게 어여 가라고 썰물질하는 아버지의 손등이 새벽을 불러 당긴다 도회지를 떠돌다 친정에 맡겨둔 삼 남매 들여다보고 은하수에 떠밀려 사라지곤 했다

탄 캐던 형부도 유성처럼 사라졌다 아버지가 무릎에 앉혀 쌀밥 떠먹였다는 둘째 언니를 배웅한 건 아버지 혼자만이 아니었다 어쩌면 광부복 입은 형부도 전봇대 뒤에 숨어서 지켜보고 있었는지 모른다 그렇지 않고서야 쉰 살을 넘긴 지금까지 내 안에 구들장을 지고 있을 리 만무하다

배꼽

당신이 살아 있던 마지막 일 초
그 일 초에 갇혀 살아온 생지옥의 시간

억척스럽게 기저귀를 빨아도
치대는 손보다 더 빠르게 도달하는 당신의 일 초
탯줄보다 더 질기게 달라붙는다
얼마나 살고 싶었을까
얼마나 무서웠을까

잠자는 동안에도 생각의 꼬리는 나의 목을 옥죄었다
나의 삶은 당신의 막장보다 더 캄캄했다
그러다 단 한 번의 발길질
나를 생지옥에서 빠져나오게 한 유복자
복중 태아는 남편에게도 목숨이었다

탯줄 자른 후 상처 아문 자리
당신의 마지막 숨이
갓난아기의 호흡을 타고 숨쉬고 있다

달빛 유서

한 번도 뵌 적 없는 아버지 얼굴
앞마당 감나무 가지 사이 족자로 걸려 있어요

만삭 어머니의 손을 놓고
밤하늘에 유서 한 장 못 남긴 아버지

어릴 때는 막연한 그리움에
아. 버. 지. 속엣말로 불러보았어요

이제 서른을 넘기고 나니
보령이고 정선이고 죄다 아버지임을 알겠어요

감나무 가지 끝에 그믐달 매달리는 날이면
탄광촌 여기저기 모습 드러내시는 아버지
내 아이 눈동자에도 아버지가 계십니다

연탄불

화장터가 곧 생의 터전이다
광부들의 가슴속 쌓아둔 꿈들 꽁꽁 빚어
숨구멍을 터주고 붉게 내통해야 살아남는다

나의 체온을 너에게 고스란히 전하는 일은
폐갱도에 실핏줄 터져라 생기 불어넣는 일
너에게 닿는 불기둥 온전히 세우는 일
나의 꿈 아직 활활 불타고 있다고 외치는 일이다

옥마탄장

칙칙하고 볼품없는 모습으로
내던져진 무더기 두엄에서
어미 닭이 여러 날 알을 품어
씨알을 뽀얗게 탄생시켜 놓는다

해도 달도 빛나는 곡괭이 날로
까만 노다지 산처럼 쌓아놓더니
그 잘난 작업복마저 빼앗긴 채
벼랑으로 내몰린 저 광부의 알몸들이여

폐경

성주산 임도에서 만난 폐갱
그의 살이 닿는 것조차 싫어
입구부터 싸늘하다

탄가루 찌든 장화에 밟혀
단단했던 갱도 입구는
허리만큼 자란 풀포기들이 차지했다
나잇살에 중부전선만 넉넉해지고

삭정이 주워 풀잎 헤치고
싸하고 퀴퀴한 냄새가 진동하는 갱구로 향한다

갱도를 떠받치고 있던
갱목의 혼령들
가족의 생계를 떠받치던
광부의 폐처럼 너절해졌다

녹슨 철망으로 막혀버린 곳까지
그녀가 비척비척 걸어간다
쉰세 살, 자기가 어디를 가는지
건망증만 깊어간다

폐갱 가까이 다가가 힘껏 소리 질렀다
아직 검은 심장 팔딱이고 싶다고

성주산 아카시아

막장의 긴장감은 옛말이 되어버린 언덕
아직도 석탄 덩어리 나뒹굴고 있다

아득한 천 리 길 갱도를 빠져나와
겨우 살아남은 목숨들 제각각 살길 찾아 떠나가고

쉬 흩어지지 말자, 반드시 돌아오자는 헛맹세만
다닥다닥 붙어 있는 아카시아 이파리

막장의 광부들 밤새워 석탄 캐던 성주산 등성이엔
작업복 입은 광부는 사라지고
광부 빈자리에 몽글몽글 피어나는 아카시아꽃

겨울 감꽃

끝내 생의 곡괭이 거기 두고
빈손으로
돌아 나와야 했던
심원탄광 마지막 광부의 눈물 자국

뼈다귀만 남은 가지 위
일곱 가족의 생계 떠받들고 있는
마른 꽃받침 하나

성주골 동백꽃

검은 몸뚱이 가려줄 그늘이 없다
석탄합리화 돌풍이 거칠게 불어 닥친 막장

갱도 부숴버려 스스로 갇힌 동박새
핏줄 터지게 울부짖는 마지막 항거

1980년 사북이 치켜올린 깃발 아래
경찰차에 깔려 정강이 부러지기까지 외친
광부의 투쟁

날선 울음으로 제 꽃받침 끊어내고
송두리째 투신하는 검붉은 생이여

성주산의 봄

산 사타구니마다 마른버짐처럼 꽃 무더기 시시때때로 번져가
고 초로에 핏기 잃은 광부의 몸 구석구석 오래된 상처들 벌겋
게 소리 지르며 발기하고 있다

광부의 미소

목숨 걸어도 좋았다
기와집에서 노모 모시고 폼나게 살고 싶었다

광부의 꿈들이 골목골목 메우고 있는
성주8리 신사택 초입
길쭉한 슬레이트 지붕들이
파란 양철지붕으로 바뀐 사택 벽면
폐탄 부스러기로 만든 벽화와 조형물 들어섰다

동네 강아지도 만 원짜리를 물고 다녔다는데
개 한 마리 보이지 않는 사택 길 가생이
뽀얗게 분장한 연탄 무덤만 쌓이고
새까만 얼굴 단역 배우가 꿈틀거리며 몸살 앓는다

누렇게 바랜 벽에 박제되어 이끼만 늘어가는 광부의 미소
천 길 막장에서 지금 막 올라와 뻘쭘
삶이 통째로 흔들거리고 있다

*광부의 미소: 성주8리 입구에 입체형으로 광부 얼굴만 그려진 벽화 이름.

성주산 단풍축제

이파리마다 서해의 맑은 정기 스미고
무염국사 신비한 기운 한몸에 받은
성주산

동료 광부 죽은 막장 다시 들어가는
질기고 질긴 삶 토해 석탄박물관을 낳은
성주산

예서 광부들의 한이 꽹과리 요란하게
골짜기마다 핏빛으로 되살아나
성주산 단풍축제가 시작되는 거다

녹슨 거울

휘파람소리 들려온다
화장 때 그대로 묻어 있는
눈꼬리와 콧망울 언저리
막장에서 송두리째 무너진
그림자 하나 얼룩져 있다

아무리 씻어내도
까만 석탄 때 깊숙이 박힌 모공처럼
삼 년만 새빠지게 고생하자던 녹슨 휘파람이
탄광촌 거울에
물때로 덕지덕지 들러붙어 있다

개화사갱

석탄박물관 주차장 바닥이 힘없이 내려앉았다
둥근 구덩이 아래 흙탕물 호수 흥건하다
거기서 홀로 하나의 세상을 살고 있었구나

녹슬고 휘어진 철로 반라가 드러나고
광부의 목숨 줄 떠받쳐준 동발이 더러 나자빠지고
몇 개는 사십여 년간 죽을힘 다해
주인 없는 집을 지키고 있었다

의심스러운 흙탕물, 녹슨 저것들의 비명이
지반 붕괴를 불러온 것인지 모른다

걸쭉한 흙탕물이 제 몸을 흔든다
어쩌면 거기 광부의 장화가, 안전모가
또 다른 세상을 살고 있었던 게 아닐까

성주산 곳곳에 수많은 광부의 세상이 꿈틀거리다가
어느 날 우리를 향해 죽탄을 날려버릴지 모를 일이다

*개화사갱: 보령시 성주면 개화리에 있던 사갱으로, 우리나라 최초의 석탄박물
 관이 위치해 있다.

신발 한 켤레

옥마산 등산로 나뭇가지에 매달린
신발 한 켤레
등골이 오싹해 옵니다

발가락 모시던 신당에 대가리만 남은 북어
입 떡 벌리고 위령제 드립니다

검은 땅만 골라 밟던 피투성이 영혼
생의 샛길로 접어든 눈도 귀도 없는 뒤통수 하나
자꾸 따라오며 통곡 소리 냅니다

성주탄전 오가던 옥마산 옛길
순백의 벚꽃 그늘 뭉글뭉글 피어오르는 저녁
나도 모르게 공순하게 배웅하고 돌아옵니다

석탄산업희생자위령탑(사진: 이문희)

탄광촌의 돌담집, 사진: 보령석탄박물관

| 해설 |

갱도의 풍경

정 연 수

(문학박사, 탄전문화연구소장)

갱도의 풍경

정연수(문학박사, 탄전문화연구소장)

1.『내 안에 갱도가 있다』문학적 의미 네 가지

『내 안에 갱도가 있다』는 시집에 가장 우선 부여하고 싶은 문학적 가치는 탄광문학의 지리적 계보에 대한 완성판이라는 점이다. 지금까지 발행된 탄광시집 중에서 지역성을 반영한 작품은 다음과 같다. 태백지역은 이청리의『영혼 캐내기』와 정연수의『여기가 막장이다』, 삼척지역은 김태수의『그대는 나더러 눈송이처럼 살라지만』, 정선 고한지역은 성희직의『광부의 하늘』, 사북지역은 맹문재의『사북 골목에서』, 강릉지역은 최승익의『휘파람 소리』, 화순지역은 오봉옥의『붉은 산 검은 피』, 문경지역은 서은하의『팽나무 풍경』등을 꼽을 수 있다. 여기에 송계숙의『내 안에 갱도가 있다』를 통해 보령의 지점이 확보되면서 한국 탄광촌의 문학지리학을 논할 수 있게 되었다.

갱도 부숴버려 스스로 갇힌 동박새/핏줄 터지게 울부짖는 마지막 항거//1980년 사북이 치켜 올린 깃발 아래

－「성주골 동백꽃」부분

잊을 만하면 크고 작은 사고가 터졌다는 사북탄좌/그리고 사북항쟁/지난밤 사고 소식을 애써 털어내며/긴 호흡하였을 터다

－「사북의 소리」부분

인용시에서처럼 보령의 성주골이 정선군의 사북으로 이어지기도 한다. 이는 탄광촌 지역의 운명공동체이자, 지역을 넘어 한국의 탄광문학으로 확장하는 시선이기도 하다. 우리나라의 대표적 탄광촌으로는 강원도 태백시·삼척시·정선군·영월군, 경북 문경시, 충남 보령시, 전남 화순군 등 7개 시군을 꼽는다. 이 도시들은 1989년 석탄산업합리화 정책 이후 대규모 폐광을 맞은 우리나라의 대표적 폐광촌이기도 하여, 지금까지 여전히 끈끈한 운명공동체로 엮여 있다. 폐광지역 개발 지원에 관한 특별법으로 설립한, 국내에서 유일하게 내국인이 출입할 수 있는 강원랜드 카지노의 수익금(폐광지역개발기금)을 함께 나누는 도시이기 때문이다.

송계숙 3시집의 두 번째 의미는 지역문학 연구에 있어서 보령문학 더 나아가 충청문학의 새로운 영역을 개척한 점이다. "동료 광부 죽은 막장 다시 들어가는/질기고 질긴 삶 토해 석탄박물관을 낳은/성주산"(「성주산 단풍축제」)에서처럼 보령지역이 지닌 탄광촌의 정체성을 선명하게 한 점이라든가, 장소성을 구체화한 점이 돋보인다. 애그뉴(Agnew)는 장소를 구성하는 세 가지 요소로 사회적 상호작용이 이뤄지는 지리적 영역으로서의 위치(location), 구체적인 사회적 관계가 형성되는 현장(locale), 장소에 대한 체험으로서의 장소감(sense of place)을 꼽은 바 있다. 이에 비춰볼 때 보령시의 장소성은 우리나라 최초의 석탄박물관이 건립될 정도로 충남 최대의 탄광지역이라는 정체성을 빼놓을 수 없다. 송계숙은 보령지역의 선명한 장소성을 녹여내면서 보령지역 문학과 충청지역 문학이 소중하게 다뤄야 할 이정표를 세웠다.

　　1980년 엉겅퀴 꽃물 드는 오월/다섯 명의 생목숨을 매몰시킨 덕수탄광 물통 사고/처남 매부지간 오세창, 남민용 씨는/갱목 껍질과 오줌물 마시며 닷새를 버텨냈다//(중략)//철창문 안쪽에서는 아직도 매몰된 누군가가/포기할 수 없는 시간과 사투를 벌이는 중이다

- 「대천읍 서울의원」 부분

　　처남 매부가 한 막장에서 작업하다가 사고를 당한 소설 같은 설정은 보령에서 발생한 실화이며, 덕수탄광이나 서울의원뿐만 아니라 광부의 이름까지 사실을 기반으로 한다. 이번 시집에는 「월전죽도 바위너덜」, 「성주산 막걸리 아리랑」, 「성주산의 봄」, 「개화리 공동묘지」, 「대천읍 서울의원」, 「성주산 바위비석」, 「옥마탄장」, 「옥마탄장 가는 길」, 「성주산 아카시아」, 「성주골 동백꽃」, 「성주산 단풍축제」처럼 제목에다 장소를 직접 드러낸 작품이 여러 편인데, 작품 속에는 더 많은 장소가 등장한다. 벌뜸과 성주산(「성주리 탄광촌 깃발들」, 「폐갱도」, 「폐경」, 「개화사갱」), 성주천(「지팡이」), 성주·청라·미산(「막장으로 길을 내다」, 「어떤 배웅」, 「탄광촌 십자가」), 옥마산(「산 벚꽃」, 「신발 한 켤레」), 보령(「달빛 유서」) 등의 장소가 현장성을 강화한다. 또 지명 외에도 성주리의 '광부의 미소'와 '갱스 카페'(「관광 노보리」) 같은 건물이라든가 백운사갱(「아버지의 검은 땅」) 같은 갱도까지 다루고 있다.

　　세 번째 의미는 경제적 혹은 지리적으로 소외된 삶을 살아가는 벌거벗은 타자에 대한 연민과 애정을 지닌 시인정신을 꼽을 수 있다. 레비나스는 벌거벗은 얼굴을 가리켜 "한 존재의 고향 상실이며, 한 존재가 지니는 이방인의, 헐벗은 자의, 프롤레타리

아의 조건"(『전체성과 무한』)이라고 했다. 송계숙은 보령의 광부와 그의 아내, 여자 광부, 광부의 아들딸 등 기층민중을 직접 화자로 내세워 목소리에 힘을 실었다. "벼랑으로 내몰린 저 광부의 알몸들"(「옥마탄장」)이야말로 벌거벗은 타자이자, 벌거벗은 생명이다. 송계숙이 이번 시집 전편에서 궁핍한 실존의 타자이자 벌거벗은 얼굴로 그린 보령의 광부는 레비나스가 주문한 절대적 환대가 필요한 존재들이다.

돈 많이 번다는 것이 결국 목숨값임을 알아차리고/날마다 떠날 궁리하였으나/막장 밖 세상도 겨우 몸 하나 성한 소년에겐/또 다른 막장/결국 다시 돌아와 갱구 앞에 서 있는 늙은 광부

- 「소년 광부」 부분

갱내 낙반사고로 아버지를 잃고/낙탄정리부로 고용된 지 일 년여/탄차에서 떨어진 탄덩이 모아 머리에 이고/자정을 맞는 열여덟 살 광부

- 「처녀 광부」 부분

얼굴에 달라붙는 일상은 분진보다 지독하다/검은 눈동자는 보석과 잡석 사이 헤집어/궤도 이탈한 가족의 목숨을 쓸어 담는다

- 「석탄 고르는 여인」 부분

일 년에 수십 명의 아버지를 잃는 막장 지옥//(중략)//막장에서 만난 수많은 아버지, 아버지/아들은 오늘도 아버지 계신 갱구로 들어선다

- 「아들의 아버지」 부분

인용한 시에 드러나는 소년 광부, 처녀 광부, 광부이던 남편을 잃고 여자 광부가 된 선탄부, 광부이던 아버지를 잃고 대를 이어 광부가 된 아들의 군상은 모두 벌거벗은 생명이다. 많은 시인이 화려한 꽃과 풍경 혹은 달콤한 사랑과 그리움, 내면의 일기장에나 갈무리해야 할 설움의 토로에 젖어 있다. 그사이 아감벤의 벌거벗은 생명은 마지막 터전인 탄광 막장에서도 추방당하고 있다. 2021년 현재도 태백의 장성광업소, 삼척의 도계광업소와 경동광업소, 화순의 화순광업소 등 4개 광업소가 여전히 석탄을 생산하고 있다. 인공지능과 빅데이터로 상징되는 4차산업혁명을 지나는 이 놀라운 세상 속에서도 광부들은 여전히 막장에다 목숨을 걸고 있다. 억압된 사회 속의 민중, 신자유주의 경제체제 속의 약자, 사다리가 없는 계급, 울타리조차 없는 소수자에 대하여 애정의 시선을 보내는 자체가 시의 미학이고 시인정신이다. 노동문학이니, 민중문학이니, 참여문학이니 하는 평론가의 유행어는 1990년대에 이미 사라졌어도, 타자를 향한 실천적 환대는 지식인인 시인이 평생을 감당해야 할 몫이다. 그 몫을 송계숙이 온전히 감당한다는 점에서 시인이 지니는 덕목을 본다.

네 번째는 깨어 있는 작가정신으로 시대를 정리하는 기록문학의 모범을 높이 산다. 성주·청라·미산 지역의 탄광촌 삶을 복원하는 과정이 그것이다. 탄광이 문을 닫고, 광부들이 모두 실직한 폐광촌 지역에서 지나간 산업을 복원하는 일은 무척 외로운 길이었을 것이다. 보령 탄광촌 주민이자, 막장에서 광부 가족을 잃은 산업전사의 유가족이라는 삶이 송계숙을 탄광시로 이끌었을 것이다.

이제 서른을 넘기고 나니/보령이고 정선이고 죄다 아버지임을
알겠어요//감나무 가지 끝에 그믐달 매달리는 날이면/탄광촌 여
기저기 모습 드러내시는 아버지/내 아이 눈동자에도 아버지가 계
십니다

-「달빛 유서」 부분

나의 삶은 당신의 막장보다 더 캄캄했다/그러다 단 한 번의 발
길질/나를 생지옥에서 빠져나오게 한 유복자/복중 태아는 남편
에게도 목숨이었다//탯줄 자른 후 상처 아문 자리/당신의 마지
막 숨이/갓난아기의 호흡을 타고 숨쉬고 있다

-「배꼽」 부분

지하로 내려간다 금방이라도 가동될 것 같은 조차장 시설, 젊
은 광부가 두 눈동자와 가지런한 이만 허옇게 드러내고 온통 새
까만 얼굴로 철로 중간에 굿복 입고 서 있다 아니 구부정하게 엎
드려 있다 어쩌면 쪼그려 앉아 철선을 잇고 있었을 것이다 갱도
를 달리는 탄차가 형부를 덮쳤다 그나마 다행인 것은 찰나였을
것이다 눈 들어 마주보기 전 휙 지나갔을 것이다//밖으로 나가는
문이 보이고/저기, 만삭의 둘째 언니가/아무 일 없는 여느 때처럼
저녁밥 짓고 있잖은가

-「형부」 부분

광부와 결혼한 언니, 정선지역 탄광에서 목숨을 잃은 형부를
둔 비극의 가족사를 담담한 어조로 기록하고 있다. 위에 인용
한 작품 외에도 「알고 있었을까, 그는」, 「염, 다시 염」, 「내 안의
작은 방에는」 등의 작품이 자전적 요소에 해당한다. 광부의 유

가족으로서 체험을 내밀하게 드러내는 행위는 상처에 대한 시적 치유이자, 언니 가족에 대한 위로의 손길이기도 하다.

송계숙은 개인적 체험에서 더 나아가 보령지역의 광부와 탄광촌을 탐문 조사하여 기록하고 있다. "폐광 후 사십여 년이 지난 개화리 아침/알람시계에 길들여지지 않는/시뻘건 갱도가 내 안에도 있다"(「내 안에 갱도가 있다」)에서 확인하듯, 송 시인은 출퇴근길에 보령석탄박물관을 지나갈 때마다 탄광을 몸에 새겼을 것이다. 하여, 송계숙의 탄광시는 보령의 탄맥을 지탱한 시의 혼이라 부를 수 있다. 폐광으로 사라진 광부들의 궤적을 복원하며 기록한 보령의 산업사이기 때문이다. "물길 따라 죽음 흘러드는 갱도의 공동空洞에 모여/지하 호수를 만든 물기둥/턱까지 차오른 수압 숨긴 채 혀를 날름거리더니/갱도보다 더 깊은 어둠을 터뜨"(「물통사고」)리는 구절이라든가, "탄가루 덮어쓴 다정한 아버지들의 아들로 자라/햇돼지 신고식도 마쳤다"(「아들의 아버지」) 같은 시편에는 '물통사고'와 '햇돼지 신고식'이 등장한다. 노보리, 관광 노보리처럼 더 낯선 용어들도 많다. 시 곳곳에 각주를 붙일 정도로 탄광 용어의 보고가 된 이 시집은 그것만으로도 기록의 가치가 크다. 또한 "성주, 미산, 청라 사내치고/막장에 안 들어간 이가 없고/목숨 붙은 사람치고/막장 길 안 걸어본 이가 없다"(「막장으로 길을 내다」)라는 광부의 목소리는 지역성을 반영한 유행어(구비문학)의 소중한 기록이다.

"스스로 막장에 길을 내고 사지를 향해 걸어가는 우리들의 막장정신 외면하고 폐갱 위에 탑 하나 세워 농락하고자 하는가 막장에서 악 소리도 못 내고 스러져간 우리 광부들이 눈 부릅뜨고 벌떡 일어날 일 아닌가"(「석탄산업희생자위령탑의 말」)라는 외

침은 산업전사의 삶을 살다가 사회로부터 국가로부터 버림받
은 광부의 삶을 대변한 비판이기도 하다. "검은 땅만 골라 밟던
피투성이 영혼"(「신발 한 켤레」)을 위한 진혼가인 셈이다. 시집 『내
안에 갱도가 있다』 전편에서 깨어 있는 지식인으로서의 시대정
신, 기록자로서의 시인정신을 확인할 수 있었다.

2. 송계숙의 시에 나타난 보령의 풍경 : 광부의 막장, 탄광 풍속

　1. 동료의 죽음을 본 날
　입도 뻥긋 못하고 광업소 눈치를 살피느라 유족들을 위로조차
해 줄 수 없는 비참한 날, '죽은 자는 죽은 자고 산 자는 살아야
지' 하루 종일 우물거려도 가슴에 분노의 뼈다귀 턱 걸려 평생 따
라다니는 명치 끝 통증

　2. 쌀 한 가마니 더 받아내려고
　광업소를 찾아가 행패를 부려 본다 입씨름에 이골이 난 관리주
임은 뒷문으로 줄행랑치고 가족 잃은 슬픔만 악에 받쳐 울음도
도둑맞는다

　3. 남편 잡아먹은 년
　이웃의 손가락질이 두려워 상속 순위고 뭐고 보상금 시댁에 죄
다 빼앗기고 살길이 까막막하여 찾아든 홍등가, 흰 셔츠 입은 사
내는 마다하고 작업복 사내의 탄가루 냄새에 잠드는 그녀
- 「광부의 아내」 전문

　인용한 시는 연작의 형태를 구성하면서 연마다 제목을 붙이

고, 그 제목이 시와 이어지도록 구성한 실험적 형식이 돋보인다. 탄광에서 남편을 잃은 아내의 삶을 서사적으로 탄탄하게 잘 그려낸 작품이다. 사건의 실체를 밝혀줄 동료들로부터도 외면 당하고, 광업소로부터 소외당한 유족의 현실, 보상금마저 시댁 에 뺏기고 삶의 밑바닥으로 내려선 한 여인의 삶이 극적으로 그 려졌다. "수건으로 입과 코를 틀어막았어도/앞을 분간할 수 없 는 탄가루//(중략)//정작 나아가야 할 광부의 시간은 꽉 막혀/ 한 발짝도 움직일 수 없다"(「굴진의 시간」)는 광부의 삶도 막막한 데, 그가 떠난 삶은 남은 가족에게 더욱 막막하다. "그녀는 입 갱 동지다//(중략)//날마다 세탁해도/광부의 폐처럼 늙어간다// 광부는 점점 무거워지는 그녀의 눈물을 목에 두르고/갱은 점 점 더 깊어진다"(「수건」)에서처럼 광부의 막장은 처절하다. 광부 가 목에 두르는 수건을 광부와 그의 아내를 동일시하여 형상 화하면서 광부 가족의 처지를 실감 나도록 그리고 있다.

- 광부도 사람이다 인간답게 살아보자
- 작업환경은 고사하고 임금 노예 만드는 도급제 노동 폐지하라
- 먹고살려고 막장에 들어왔지 개죽음 당하려고 온 게 아니다

친인척 동원해 광부 염탐질시키고
갖가지 징계를 만들어 도급제 임금 삭감하고
잔말 말고 일하고, 주는 대로 받으라는 탄광업주

광부 목숨 담보로 경제성장 외치며
지원금은 업주 주머니에 홀랑 털어주고
광부 인권 외치는 소리에는 귀 틀어막는 정부

도대체 다이너마이트는 누가 터뜨렸는데
엄한 놈들이 딴청이다

- 「난청」 부분

도급제 폐지에서부터 "광부도 사람이다 인간답게 살아보자"는 구호까지 광부의 처지를 적나라하게 드러내고 있다. 업주와 정부가 외면하는 광부의 목소리를 대변하는 작품이다. 광부 화자의 일상적 언어와 난청을 겪는 사업주의 상황을 섞는 방식으로 자칫 시적 긴장도가 떨어질 수 있는 우려를 잘 비껴갔다. 시제의 난청과 마지막 행의 딴청이 전달하는 시적 리듬이 좋거니와 외면하는 사업주를 난청으로 풍자한 점도 좋다. 난청과 딴청의 리듬은 다른 여러 작품에서도 등장한다.

갱도는 서서히 배가 아파온다/스르르 석탄 가루 내리며/석탄 핏방울 똑똑 떨어지더니/붉게 충혈된 갱도에/검은 이슬 으스스 내린다//탄炭 밥 오래 먹은 선산부의 동공이 놀라/눈알만 시꺼먼 허공에 꽂히고/발끝에서 손끝까지 바르르 떨려오는 정적//이윽고 진저리치는 산통 끝에/이슬은 무너진 갱도라는 신생아를 낳는다

- 「이슬이 온다」 전문

갱내 막장 붕락의 징조인 '이슬이 온다'는 말과 여성의 출산 징조인 '이슬이 비친다'는 용어가 지닌 의미의 유사성과 리듬을 활용하여 시화했다. 붕락과 출산 두 이야기를 모두 읽을 수 있도록 장치했다. 또 다른 시 "녹슨 철망으로 막혀버린 곳까지/그

녀가 비척비척 걸어간다/쉰세 살, 자기가 어디를 가는지/건망증
만 깊어간다//폐갱 가까이 다가가 힘껏 소리 질렀다/아직 검은
심장 팔딱이고 싶다"(「폐경」)에서는 여인의 폐경기와 폐광의 현
실을 동일선상에서 그린 바 있다. 폐경과 폐광, 난청과 딴청, 이
슬이 온다와 이슬이 비친다는 리듬을 통해 시를 즐기는 시인의
창작법을 엿볼 수 있다.

　　수백 리 지하갱도 속/광부가 반기는 또 하나의 생명체/날카롭
고 섬세한 촉수로 끊임없이/가스 폭발 위험을 경고해주면//탄
가루는 쥐의 사자使者 되어/광부에게 살길을 쏜살같이 일깨워주
니/지하도시의 사람들은/갱도의 쥐를 신神/검은 신이라 말한다
　　　　　　　　　　　　　 - 「쥐, 그 검은 신을 말하다」 부분

　　꿈자리 뒤숭숭한 신새벽/오그라든 심장 가까스로 달래며/남편
의 도시락을 챙긴다//(중략)//남편 신발코 돌려놓은 절박한 기도
라니//신빨 강한 보살에게 부적 한 장 받아들고/그제서 안도의
숨 내쉬는 탄광촌 아내
　　　　　　　　　　　　　　　 - 「성주리 탄광촌 깃발들」 부분

　　쥐는 갱 내 가스 폭발사고를 예방하는 동물로 광부들에게
사랑받고 있다. 출근한 광부의 신발을 방 안으로 돌리는 행위
는 무사 귀가를 바라는 탄광촌 아내의 속신이다. 이처럼, 이번
시집에는 탄광촌 고유의 금기와 속신 행위들이 다양하게 담겨
있다. 송계숙이 시로 기록한 탄광 민속은 보령탄광촌의 무형문
화를 정립하는 소중한 자산이 될 것이다.

붉거나 푸른 보자기에만 싸야 한다
광부의 도시락은
바닥에 내려놓아도 부정탄다

아내는 정성스레 싸서 손에 꼬옥 쥐어주고
허리 구부려 인사까지 한다

도시락에 절하는 일은
푸른 하늘에 손 모으는 일이다
붉은 땅 향해 머리 조아리는 일이다

지푸라기라도 잡고 싶은 아내 마음
꽁꽁 싸매어 묶여있다
목숨 새어나갈 틈 없도록

- 「도시락에 절하는 일」 전문

간결한 언어미학도 돋보이거니와 남편을 향한 아내의 지극한 사랑이 감동적으로 다가오는 작품이다. 액운을 피하고자 "붉거나 푸른 보자기에만 싸야" 하는 탄광촌의 금기를 토대로 사고가 잦은 막장과 아내의 애타는 마음을 어둡지 않은 어조로 잘 조절하였다. 이만한 시라면, 보령석탄박물관이 「도시락에 절하는 일」 큼직하게 걸어놓고 시에 절을 하고, 보령시와 충청남도가 이 시집 한 무더기 쌓아놓고 절을 할 일이다. 보령의 탄광시를 통해 한국 탄광문학의 지리적 계보를 완성한 송계숙 시인께 큰절을 드린다.

문힘시선 017

내 안에 갱도가 있다

초판 1쇄 발행 2021년 09월 05일
초판 2쇄 발행 2021년 11월 25일

지은이 송계숙
펴낸이 이순옥

기   획 보령탄광문화유산연구소
펴낸곳 도서출판 문화의힘
　　　　등록 364-0000117
　　　　주소 대전광역시 동구 대전천북로 30-2(1층)
　　　　전화 042-633-6537
　　　　전송 0505-489-6537

ISBN 979-11-87429-68-5
ⓒ 송계숙 2021
저자와 협의로 인지는 생략합니다.

* 저자와 출판사의 서면 허락 없이 무단 도용하거나 발췌하는 것을
  금합니다.
* 잘못된 책은 구입하신 곳에서 교환해 드립니다.
* 본 도서는 충청남도와 충남문화재단의 후원으로 발간되었습니다.

|값 10,000원|